UNE GRANDE
JOURNÉE DE MLLE LILI

Texte par P. J. STAHL

DESSINS DE L. FRŒLICH

BIBLIOTHÈQUE
D'ÉDUCATION et de RÉCRÉATION

J. HETZEL & CIE 18 rue JACOB
PARIS

UNE

GRANDE JOURNÉE

de Mademoiselle Lili

UNE GRANDE JOURNÉE

DE

MADEMOISELLE LILI

COLLECTION HETZEL

DESSINS DE LORENTZ FRŒLICH

UNE
GRANDE JOURNÉE

DE

Mademoiselle Lili

TEXTE PAR **UN PAPA**

BIBLIOTHÈQUE
D'ÉDUCATION ET DE RÉCRÉATION
J. HETZEL ET Cᵒ, 18, RUE JACOB
PARIS

UNE GRANDE JOURNÉE

I

Elle est bien sérieuse aujourd'hui, la petite Lili.
Au lieu de courir par toute la maison, comme elle en
avait l'habitude, sitôt habillée, elle reste sans bouger
sur un fauteuil, absorbée dans de profondes réflexions.
Mais voilà, il a été décidé hier qu'elle irait demain
à la pension, un endroit où l'on vous fait ce qu'on
appelle la classe. Qu'est-ce que ça peut être, la classe?
Et les élèves, et la maîtresse surtout, comment sont-elles?
Questions auxquelles la petite fille n'imagine
que des réponses peu satisfaisantes.

DE MADEMOISELLE LILI

I

QU'EST-CE QUE ÇA PEUT ÊTRE, LA CLASSE? ET LES ÉLÈVES,
ET LA MAITRESSE SURTOUT, COMMENT SONT-ELLES?

UNE GRANDE JOURNÉE

II

Un coup de sonnette a tiré Lili de son fauteuil et de sa méditation. Et qui a-t-elle vu arriver? Sa cousine Claire, qui lui dit : « Tu ne sais pas, on me met aussi en pension, dans la même que toi. Seulement, ce qu'il y a d'ennuyeux, c'est que tu ne seras que demi-pensionnaire, et moi pensionnaire tout à fait. Malgré cela, nous pourrons jouer ensemble. — Comment! dit Lili, on joue donc? — Mais oui, mais oui, tu verras. » Cette nouvelle rassure un peu Lili, pas beaucoup.

II

«COMMENT! DIT LILI, ON JOUE DONC?
— MAIS OUI, MAIS OUI, TU VERRAS.»

UNE GRANDE JOURNÉE

III

La maman de Lili est allée à la pension avec sa fille pour la présenter à la maîtresse. Celle-ci parle à Lili d'un ton très aimable; mais qui sait si c'est sincère? Il faudrait voir sa figure, et Lili n'aura vu que le bas de sa robe. Impossible d'en obtenir un mot, ni de lui faire lever la tête. « Cela passera, dit la maîtresse, ses compagnes auront bien vite fait de me l'apprivoiser. — Je n'en doute pas, répond en souriant la maman. A demain, alors, madame. »

« CELA PASSERA », DIT LA MAITRESSE.

UNE GRANDE JOURNÉE

IV

Demain est arrivé. Lili est partie pour la pension avec sa cousine, qui n'a pas peur, elle. Mais aussi c'est qu'elle est grande; elle a sept ans et demi, et Lili n'a que six ans. Toutes les bonnes paroles que Claire peut lui dire pour l'encourager sont inutiles. Le cœur lui bat de plus en plus, comme pourrait en témoigner Mlle Jacqueline, sa poupée favorite, qu'elle n'a pas voulu laisser s'ennuyer seule à la maison. Son chagrin, on le voit, ne l'a pas rendue égoïste. Mlle Jacqueline a une très bonne petite maman.

DE MADEMOISELLE LILI

IV

LILI EST PARTIE POUR LA PENSION AVEC SA COUSINE,
QUI N'A PAS PEUR, ELLE.

UNE GRANDE JOURNÉE

V

La maîtresse de pension, Madame, comme on l'appelle, a gracieusement accueilli ses deux nouvelles élèves. Lili, ne sachant encore qu'épeler, a été mise avec les commençantes; Claire, qui écrit déjà, est allée dans une autre classe. C'est un coup pour Lili, et pas le dernier. Mlle Suzanne, la sous-maîtresse, a, tout de suite, fait venir Lili auprès d'elle pour se rendre compte du point où elle en est. Mais le livre que celle-ci a sous les yeux lui paraît un vrai grimoire. Troublée au possible, elle prend une lettre pour une autre, balbutie, et c'est à peine si on l'entend.

Espérons qu'elle finira par se remettre.

V

MADEMOISELLE SUZANNE, LA SOUS-MAITRESSE, A TOUT DE SUITE
FAIT VENIR LILI AUPRÈS D'ELLE.

VI

La patience que lui a montrée Mlle Suzanne, la douceur avec laquelle elle l'a reprise de ses fautes, ont fini
par avoir raison de la déraisonnable timidité de Lili. « Je
ne sais pas pourquoi, dit-elle, j'ai lu si mal ; je lisais bien
mieux que ça dans l'alphabet que j'ai chez nous. « C'est
vrai, et elle aurait pu même ajouter qu'elle n'avait
pas toujours besoin d'y regarder pour dire comme
il fallait. Mlle Suzanne connaît cela. « Quand vous serez
plus avancée, répond-elle, vous verrez qu'il n'est pas
plus difficile de lire dans un livre
que dans un autre. »

VI

« JE LISAIS BIEN MIEUX QUE ÇA DANS L'ALPHABET QUE J'AI CHEZ NOUS. »

UNE GRANDE JOURNÉE

VII

Lili, sa leçon finie, est allée s'asseoir à la place qui lui a été assignée, et, ainsi qu'on le lui a permis, elle a assis Mlle Jacqueline, sa poupée, à côté d'elle. Bien sages toutes deux, elles sont cependant un grand sujet de trouble pour la classe. Rires, étonnements et bavardages sans fin. C'est au point que Mlle Suzanne s'est vue obligée de se lever, et, s'adressant à Lili : « Ma chère petite, lui a-t-elle dit, voulez-vous me confier votre poupée ? — Oh ! très volontiers, mademoiselle. — Merci, mon enfant. Soyez tranquille, il ne lui arrivera aucun mal, et vous la retrouverez pour la récréation.

Maintenant du silence ! »

VII

« CHÈRE PETITE, VOULEZ-VOUS ME CONFIER VOTRE POUPÉE? »

UNE GRANDE JOURNÉE

VIII

L'heure de la récréation a sonné. En un instant, comme une seule petite fille, toute la classe a été debout. Lili, remise en possession de Mlle Jacqueline et fatiguée d'être restée si longtemps assise, a voulu aussitôt partir en courant ; mais Mlle Suzanne l'a retenue. Il faut qu'on sorte en rang et posément. Et c'est très bien vu. Quelle bousculade, en effet, et peut-être aussi quel chamaillis, si on laissait chacune de ces petites personnes impatientes de mouvement se précipiter à sa guise hors de la salle !

VIII

LILI, REMISE EN POSSESSION DE MADEMOISELLE JACQUELINE...

UNE GRANDE JOURNÉE

IX

Lili a eu bien vite retrouvé Claire au jardin. A voir la joie qu'elle en témoigne, on pourrait croire qu'il y avait un mois qu'elle l'avait quittée. Elle se trouve si dépaysée dans cette nouvelle existence, la petite Lili, au milieu de tous ces visages inconnus. Il n'en est pas de même de sa cousine. Celle-ci, parmi ses compagnes de classe, en a reconnu plusieurs avec qui elle s'était déjà liée à la promenade. « Tu vas m'attendre ici, dit-elle à Lili ; le temps d'aller chercher ce qu'il me faut pour jouer. »

IX

LILI A EU BIEN VITE RETROUVÉ CLAIRE AU JARDIN.

UNE GRANDE JOURNEE

X

Pendant que Claire s'est éloignée, deux autres élèves se sont approchées de Lili. « Pourquoi riez-vous en me regardant ? leur a-t-elle demandé. — Probablement parce que nous avons du plaisir à vous voir. — Peut-être aussi pour vous moquer de moi ? — Mais non ! — Oh ! je ne vous en veux pas. Je sais bien que je dois avoir l'air un peu drôle ; je suis si nouvelle ! Mais je m'habituerai. » C'est parfaitement répondu, et il faudrait que ces demoiselles eussent un très mauvais caractère pour ne pas être touchées par tant de douceur.

X

DEUX ÉLÈVES SE SONT APPROCHÉES DE LILI.

UNE GRANDE JOURNÉE

XI

Claire a reparu, ramenant avec elle une corde de cinq mètres de long. Exclamation de Lili. « Elle est belle, n'est-ce pas? lui dit Claire. — Oui, mais c'est pour jouer à plusieurs, cette corde-là. — Sans doute; aussi il faut aller retrouver les autres qui nous attendent. — Je veux bien, puisque tu le veux; mais qu'est-ce que je vais faire de ma fille? — Tu n'as qu'à la mettre là, dans la fourche de ce gros arbre, près de toi; elle y sera très bien. » Lili approuve. L'endroit est un peu haut; pourtant, en se dressant sur la pointe des pieds, elle y atteint.

XI

L'ENDROIT EST UN PEU HAUT.

UNE GRANDE JOURNÉE

XII

Entre les branches de l'arbre où elle a déposé
Mlle Jacqueline, Lili a trouvé une paire de raquettes avec
un volant. Pour plusieurs raisons cette découverte l'a
enchantée. « Peut-on s'en servir? a-t-elle demandé à
Claire. — Certainement; on me l'a dit, ici tous les jouets
sont en commun. — Eh bien, faisons une partie. » A quoi
Claire a consenti, dans l'idée que cela mettrait sa petite
cousine en train pour jouer ensuite à la grande corde.
Et la partie s'est engagée, suivie avec intérêt par Black,
le chien de la pension, qui est venu faire connaissance
avec les deux nouvelles élèves.

XII

LA PARTIE S'EST ENGAGÉE, SUIVIE AVEC INTÉRÈT PAR BLACK

XIII

Claire a été bien inspirée d'accéder à la partie de volant. Lili n'a plus fait ensuite aucune difficulté pour se laisser conduire près des autres petites filles, qui lui ont fait, du reste, le meilleur accueil. Et, tout de suite, on a organisé la partie de corde. On joue à la hauteur. Lili, en sautant à son tour, passe à plus d'un demi-pied au-dessus de la corde qu'on a tendue un peu bas pour commencer. Comme on le voit, elle est déjà d'une certaine force. Il paraît que c'est plus facile que d'apprendre à lire.

XIII

LILI PASSE A PLUS D'UN DEMI-PIED AU-DESSUS DE LA CORDE.

UNE GRANDE JOURNÉE

XIV

Lili a continué à se distinguer, et les applaudisse-
ments de ses compagnes lui ont monté à la tête. Elle a
voulu finir par un coup d'éclat. « Plus haut! a-t-elle dit
au dernier tour, encore plus haut! » Puis, elle a sauté.
Mais on avait eu tort de l'écouter. Son pied s'est pris
dans la corde; on n'a pas lâché assez vite, et la petite
ambitieuse s'est abattue tout de son long par terre. Terrible émoi dans l'assistance. Madeleine, Rose, Pauline,
Louise, toutes en même temps, se précipitent,
avec Claire, pour la relever.

XIV

SON PIED S'EST PRIS DANS LA CORDE.

UNE GRANDE JOURNÉE

XV

En un instant Lili a été remise sur ses pieds. Elle ne
s'y serait pas remise si vite toute seule, et elle aurait
même bien pu retomber si sa cousine Claire ne l'avait
soutenue à deux bras, tandis que les autres l'entouraient,
anxieuses et compatissantes. Et les questions d'aller et
de s'entre-croiser : « Est-ce que tu t'es fait bien mal? —
C'est à la tête que tu souffres? — Veux-tu venir t'asseoir
sur un banc? — Faut-il appeler Mademoiselle? » Tout
cela montre de bons petits cœurs; mais Lili n'y répond
que par quelques signes négatifs, étourdie qu'elle est, et
peut-être aussi un peu humiliée de sa chute.

XV

« EST-CE QUE TU T'ES FAIT BIEN MAL? »

XVI

Lili, cependant, n'a pas tardé à reprendre possession d'elle-même. Et alors elle n'a plus eu d'autre idée
que d'aller retrouver Mlle Jacqueline. Assez de jeu
comme cela. Mais, en arrivant à l'arbre où elle l'avait
déposée, quel est son effroi! Mlle Jacqueline n'y est plus!
Qu'a-t-elle pu devenir? Pauvre Lili! Voilà que lui re-
vient en mémoire ce que lui a dit sa cousine « qu'ici
tous les jouets étaient en commun ». Est-ce qu'on aurait
voulu ainsi lui confisquer sa fille? Ça, par exemple, elle
n'y consentira jamais. Elle donnerait plutôt sa démis-
sion de demi-pensionnaire, et sa maman, bien sûr,
comprendrait qu'elle ne peut faire autrement.

DE MADEMOISELLE LILI

XVI

MADEMOISELLE JACQUELINE N'EST PLUS DANS L'ARBRE!

UNE GRANDE JOURNÉE

XVII

Après quelques minutes de recherche inquiète à travers le jardin, Lili est arrivée à un endroit où elle voit Mlle Jacqueline tranquillement assise au pied d'un arbre en compagnie d'autres poupées et bébés. « Nous n'avons pas voulu la laisser s'ennuyer toute seule, lui dit une petite élève. Il aurait pu, d'ailleurs, lui arriver quelque accident. On ne sait pas ce qui peut passer par la tête de ces enfants-là. Alors nous l'avons mise en sûreté près des nôtres. Oh! elles ont été tout de suite très bien ensemble. — Merci, a dit Lili. Et maintenant puis-je la reprendre? — Sans doute; si bien qu'on soit avec des amies, on est encore mieux avec sa maman. » ·

XVII

« NOUS N'AVONS PAS VOULU LA LAISSER S'ENNUYER TOUTE SEULE. »

UNE GRANDE JOURNÉE

XVIII

Le soir, rentrée chez elle, Lili s'est empressée de faire à son papa et à sa maman le récit détaillé des événements de cette journée, la première où elle ait été séparée d'eux. La classe, la récréation, les jeux, tout y passe. L'épisode de la chute a fait froncer le sourcil au papa. « Pas de bosse? dit-il, pas de mal de tête? — Oh! rien du tout », répond Lili. Mais sur quoi elle ne tarit pas, c'est sur la bonté de Mlle Suzanne, la jeune sous-maîtresse, sur les soins qu'a eus d'elle sa cousine Claire, et sur la gentillesse de toutes ses compagnes. De sorte que, si sa maman et son papa se sont un peu inquiétés à son sujet, ils ont tout lieu maintenant d'être rassurés.

XVIII

LILI S'EST EMPRESSÉE DE FAIRE A SON PAPA ET A SA MAMAN
LE RÉCIT DÉTAILLÉ DES ÉVÉNEMENTS DE CETTE JOURNÉE.

UNE GRANDE JOURNÉE

XIX

Le lendemain, Lili est partie pour la pension, les pieds et le cœur légers. A la classe, elle a lu presque sans fautes. Mais il y a eu un accroc. Mlle Suzanne, sachant qu'elle avait quelque commencement, a jugé convenable de la mettre à la table d'écriture. Lili, pour mériter cet avancement, s'est tellement appliquée que, lorsqu'on lui a demandé à voir sa page, elle s'est présentée avec son tablier tout tigré de taches d'encre. Mademoiselle lui explique que l'encre doit servir seulement à tracer des lettres sur le papier et rester absolument étrangère aux vêtements ainsi qu'aux mains.

DE MADEMOISELLE LILI

XIX

LILI S'EST PRÉSENTÉE
AVEC SON TABLIER TOUT TIGRÉ DE TACHES D'ENCRE.

XX

Les jours suivants tout a marché comme sur des roulettes. Lili est de plus en plus satisfaite et l'on est de plus en plus satisfait d'elle. En classe, elle travaille et étudie du même cœur qu'elle joue aux récréations. Toujours de bonne humeur, elle ne compte que des amies parmi les petites élèves de son âge. Aussi n'y en a-t-il pas une qui n'eût volontiers applaudi lorsque, à la fin du mois, Mlle Suzanne, pour la récompenser et l'encourager, lui a passé au cou le ruban de la médaille d'honneur. « Tâchez de la garder toujours, lui a dit la sous-maîtresse. — Oh! oui, mademoiselle, je tâcherai. Mais c'est maman et papa qui vont être contents! » Lili est décidément une bonne petite fille.

DE MADEMOISELLE LILI

MADEMOISELLE SUZANNE LUI A PASSÉ AU COU LE RUBAN
DE LA MÉDAILLE D'HONNEUR.

UNE GRANDE JOURNÉE

XXI

En effet, la distinction obtenue par Lili a fait grand plaisir à son papa et à sa maman. Ils l'ont embrassée et félicitée, sans pourtant lui donner à croire qu'ils la regardassent comme un petit prodige. Lili est allée ensuite faire part de l'événement à Mlle Jacqueline qui, retenue à la maison par l'incertitude du temps, n'avait pas assisté à la cérémonie. Mlle Jacqueline aura été fort sensible à cette nouvelle; mais on sait qu'il n'est pas dans son caractère de communiquer son impression. Comme elle est elle-même très sage et doit, de son côté, avoir beaucoup appris sans en rien dire, Lili lui passe aussi au cou un joli ruban auquel elle a suspendu, en guise de médaille, un anneau de rideau.

On fait ce qu'on peut.

XXI

LILI PASSE AU COU DE SA POUPÉE UN RUBAN
AUQUEL ELLE A SUSPENDU, EN GUISE DE MÉDAILLE,
UN ANNEAU DE RIDEAU.

UNE GRANDE JOURNÉE

XXII

Il paraît que, comme Lili retournait chez elle, on l'a vue repousser un roquet qui voulait s'emparer du gâteau d'une toute petite fille. Le lendemain matin, Lili a été stupéfaite de voir toutes les élèves accourir au-devant d'elle avec de grandes démonstrations. « Qu'y a-t-il donc? a-t-elle demandé. — Eh bien, cette petite que tu as défendue contre ce chien! — Oh! un petit chien de rien du tout. — Ce sont les plus méchants. — Bah! je n'ai eu qu'à faire semblant de lui jeter un caillou, il s'est sauvé à toutes jambes. Ainsi.... » Mais elle a beau dire, on veut absolument en faire une héroïne. On parle de lui décerner une couronne de chêne ou de laurier, à son choix; Lili n'en veut d'aucune sorte, et elle a bien raison.

DE MADEMOISELLE LILI

XXII

ON PARLE DE DÉCERNER A LILI UNE COURONNE DE CHÊNE
OU DE LAURIER, A SON CHOIX.

PARIS. — IMPRIMERIE LAHURE

9, RUE DE FLEURUS, 9

Collection Hetzel

ÉDUCATION
RÉCRÉATION

Enfance — Jeunesse — Famille

5oo Ouvrages

JOURNAL DE toute la Famille

MAGASIN

COURONNÉ par l'Académie

D'ÉDUCATION et de RÉCRÉATION

FONDÉ par

P.-J. STAHL

en 1864
et

Semaine des Enfants

réunis, dirigés par

Jules Verne — J. Hetzel — J. Macé

La Collection complète
56 beaux volumes in-8 illustrés
∞

Brochés . . . . **392** fr.
Cartonnés dorés . . . . **560** fr.
Volume séparé, broché . . . . **7** fr.
   —   cartonné doré . . . . . **10** fr.

ABONNEMENT
d'un An
∞

Paris . . . . **14** fr.
Départements . . . . **16** fr.
Union . . . . **17** fr.
(Il paraît deux volumes par an.)

Principales Œuvres parues

Les Voyages Extraordinaires, par JULES VERNE
La Vie de Collège dans tous les Pays, par ANDRÉ LAURIE
Les Voyages involontaires, par LUCIEN BIART
Les Romans d'Aventures, par ANDRÉ LAURIE et RIDER HAGGARD
Les Romans de l'Histoire naturelle, par le Dr CANDÈZE

Les Œuvres pour la Jeunesse de Stahl, J. Sandeau, E. Legouvé, V. de Laprade, Jean Macé, Hector Malot, Viollet-le-Duc, S. Blandy, J. Lermont, Th. Bentzon, E. Muller, Dickens, A. Dequet, A. Badin, E. Egger, Gennevraye, B. Vadier, Génin, P. Gouzy.

Nombreuses gravures des meilleurs artistes

Catalogue **G K**

MAGASIN D'ÉDUCATION ET DE RÉCRÉATION

Les Tomes I à XXIV

renferment comme œuvres principales :

L'Ile mystérieuse, Les Aventures du Capitaine Hatteras, Les Enfants du Capitaine Grant, Vingt mille lieues sous les mers, Aventures de trois Russes et de trois Anglais, Le Pays des Fourrures, Michel Strogoff, de JULES VERNE. — La Morale familière (cinquante contes et récits), Les Contes anglais, La Famille Chester, Histoire d'un Ane et de deux jeunes Filles, La Matinée de Lucile, Le Chemin glissant, Une Affaire difficile, L'Odyssée de Pataud et de son chien Fricot, de P.-J. STAHL. — La Roche aux Mouettes, de Jules SANDEAU. — Le nouveau Robinson suisse, de STAHL et MULLER. — Romain Kalbris, d'Hector MALOT. — Histoire d'une Maison, de VIOLLET-LE-DUC. — Les Serviteurs de l'Estomac, Le Géant d'Alsace, L'Anniversaire de Waterloo, Le Gulf-Stream, La Grammaire de mademoiselle Lili, Un Robinson fait au collège, de Jean MACÉ. — Le Denier de la France, La Chasse, Le Travail et la Douleur, A Madame la Reine, Un Premier Symptôme, Sur la Politesse, Un Péché véniel, Diplomatie de deux Mamans, etc., de E. LEGOUVÉ. — Petit Enfant, Petit Oiseau, L'Absent, Rendez-vous ! La France, La Sœur ainée, L'Enfant grondé, etc., par Victor DE LAPRADE. — La Jeunesse des Hommes célèbres, de MULLER. — Aventures d'un jeune Naturaliste, Entre Frères et Sœurs, de Lucien BIART. — Le Petit Roi, de S. BLANDY. — L'Ami Kips, de G. ASTON. — Causeries d'Économie pratique, de Maurice BLOCK. — Les Vilaines-Bêtes, de BÉNÉDICT. — Vieux Souvenirs, Départ pour la Campagne, Bébé aime le rouge, de Gustave DROZ. — Le Pacha berger, de LABOULAYE. — La Musique au foyer, de P. LACOME. — Histoire d'un Aquarium, Les Clients d'un vieux Poirier, de E. VAN BRUYSSEL. — Histoire de Bébelle, Une Lettre inédite, Septante fois sept, de DICKENS. — Pâquerette, Le Taciturne, etc., de H. FAUQUEZ. — Le petit Tailleur, de A. GENIN. — Curiosités de la vie des Animaux, par P. NOTH. — Notre vieille Maison, de H. HAVARD. — Le Chalet des Sapins, par P. CHAZEL. — Les deux Tortues, Ce qu'on faisait à un bébé quand il tombait, par F. DUPIN DE SAINT-ANDRÉ, etc., etc.

Les petites Sœurs et les petites Mamans, Les Tragédies enfantines, Les Scènes familières, textes de P.-J. STAHL.

Les Tomes XXV à LVI

renferment comme œuvres principales :

JULES VERNE : Le Château des Carpathes, Mistress Branican, César Cascabel, Famille sans Nom, Deux Ans de Vacances, Nord contre Sud, Un Billet de Loterie, L'Étoile du Sud, Kéraban-le-Têtu, L'École des Robinsons, La Jangada, La Maison à vapeur, Les Cinq cents millions de la Bégum, Hector Servadac. — J. VERNE et A. LAURIE : L'Épave du Cynthia. — P.-J. STAHL : Maroussia, Les Quatre Filles du docteur Marsch, Le Paradis de M. Toto, La Première Cause de l'avocat Juliette, Un Pot de crème pour deux, La Poupée de Mlle Lili. — STAHL et LERMONT : Jack et Jane, La petite Rose. — L. BIART : Monsieur Pinson, Deux enfants dans un parc. — E. LEGOUVÉ, *de l'Académie :* Leçons de lecture, Une élève de seize ans, etc. — V. DE LAPRADE, *de l'Académie :* Le Livre d'un Père. — A. DEQUET : Mon Oncle et ma Tante. — A. BADIN : Jean Casteyras. — E. EGGER, *de l'Institut :* Histoire du Livre. — J. MACÉ : La France avant les Francs. — CH. DICKENS : L'Embranchement de Mugby. — A. LAURIE : Le Rubis du grand Lama, Axel Ebersen (Le Gradué d'Upsala), Mémoires d'un Collégien russe, Le Bachelier de Séville, Une Année de collège à Paris, Scènes de la vie de collège en Angleterre, Mémoires d'un Collégien, L'Héritier de Robinson, De New-York à Brest en 7 heures, Le Secret du Mage. — P. CHAZEL : Riquette. — Dr CANDÈZE : La Gileppe, Aventures d'un Grillon, Périnette. — C. LEMONNIER : Bébés et Joujoux. — HENRY FAUQUEZ · Souvenirs d'une Pensionnaire. — J. LERMONT : Kitty et Bo, L'Ainée, Les jeunes Filles de Quinnebasset. — F. DUPIN DE SAINT-ANDRÉ : Histoire d'une bande de Canards, La Vieille Casquette, etc., etc. — TH. BENTZON : Contes de tous les Pays. — BÉNÉDICT : Le Noël des petits Ramoneurs, Les charmantes Bêtes, etc. — A. GENIN : Marco et Tonino, Deux Pigeons de Saint-Marc. — E. DIENY : La Patrie avant tout. — C. LEMAIRE : Le Livre de Trotty. — G. NICOLE : Le Chibouk du Pacha, etc. — GENNEVRAYE : Marchand d'Allumettes, Théâtre de Famille, La petite Louisette. — BERTIN : Voyage au Pays des Défauts, Les deux côtés du Mur, Les Douze. — P. PERRAULT : Pas-Pressé, Les Lunettes de Grand'Maman, Les Exploits de Mario. — B. VADIER : Histoire d'une poupée, Blanchette, Comédies et Proverbes. — I.-A. REY : Les Travailleurs microscopiques. — S. BLANDY : L'Oncle Philibert. — RIDER HAGGARD : Découverte des Mines de Salomon. — GOUZY : Voyage au Pays des Étoiles, Promenade d'une Fillette autour d'un Laboratoire. — BRUNET : Les Jeunes Aventuriers de la Floride. — ANCEAUX : Blanchette et Capitaine. — RAMBAUD : L'Anneau de César. — Une grande Journée, Plaisirs d'hiver, Pierre et Paul, La Chasse, Les petits Bergers, Mademoiselle Lili à Paris, Les Frères de Mademoiselle Lili, par UN PAPA.

Illustrations par ATALAYA, BAYARD, BENETT, BECKER, CHAM, GEOFFROY, L. FRŒLICH, FROMENT, LAMBERT, LALAUZE, LIX, ADRIEN MARIE, MEISSONIER, DE NEUVILLE, PHILIPPOTEAUX, RIOU, G. ROUX, TH. SCHULER, etc., etc.

N. B. — La plus grande partie de ces œuvres ont été couronnées par l'Académie française

CHAQUE VOLUME SE VEND SÉPARÉMENT

Prix : broché, 7 fr. ; cartonné toile, tranches dorées, 10 fr. ; relié, tranches dorées, 12 fr.

(1ᵉʳ Âge)

ALBUMS STAHL IN-8° ILLUSTRÉS

Les Albums Stahl

IL y a des lecteurs qui ne sont pas hommes encore et à qui il faut des lectures et des images pour leurs premières curiosités. Ce public innombrable et frêle n'a pas été oublié. Les *Albums Stahl* leur donnent de piquants ou de jolis dessins accompagnés d'un texte naïf. La naïveté est celle qu'un ingénieux esprit, comme Stahl, peut offrir. Elle a ses malices légères et sa gaieté tendre. Les dessins ont de la fantaisie dans la vérité. Bégayements heureux, rires argentins, ce sont là les effets que produisent ces albums caressants. Il y a beaucoup de gros livres et de travaux ambitieux qui n'ont pas la même utilité.

GUSTAVE FRÉDÉRIX. *(Indépendance Belge.)*

FRŒLICH

† Une grande journée de Mⁱˡᵉ Lili	Arithmétique de Mⁱˡᵉ Lili.	Les Jumeaux.
Mⁱˡᵉ Lili aux Champs-Élysées.	Cerf-Agile.	Un drôle de Chien.
Mⁱˡᵉ Lili à Paris.	Commandements du Grand-	La Fête de Papa.
Jujules le Chasseur.	Papa.	Le premier Chien et le pre-
Les petits Bergers.	La Fête de Mⁱˡᵉ Lili.	mier Pantalon.
Pierre et Paul.	Journée de Mⁱˡᵉ Lili.	L'Ours de Sibérie.
La Poupée de Mⁱˡᵉ Lili.	La Grammaire de Mⁱˡᵉ Lili.	Le petit Diable.
La Journée de M. Jujules.	(J. MACÉ.)	La Salade de la grande Jeanne.
L'A perdu de Mⁱˡᵉ Babet.	Le Jardin de M. Jujules.	La Crème au chocolat.
Alphabet de Mⁱˡᵉ Lili.	Les Caprices de Manette.	M. Jujules à l'école.

L. BECKER . . . . L'Alphabet des Oiseaux.
— . . . . L'Alphabet des Insectes.
COINCHON (A.) . . . . Histoire d'une Mère.
DETAILLE . . . . Les bonnes Idées de Mademoiselle Rose.
FATH . . . . Le Docteur Bilboquet.
— . . . . Gribouille. — Jocrisse et sa Sœur.
— . . . . Les Méfaits de Polichinelle. — Pierrot à l'École.
— . . . . La Famille Gringalet. — Une folle soirée chez Paillasse.
FROMENT . . . . Petites Tragédies enfantines.
— . . . . Nouvelles petites Tragédies enfantines.
— . . . . Le petit Acrobate.
— . . . . La Boîte au lait.
— . . . . La petite Devineresse. — Le petit Escamoteur.
— . . . . Scènes familières.
— . . . . † Nouvelles scènes familières.
GEOFFROY . . . . Le Paradis de M. Toto. — 1ʳᵉ Cause de l'avocat Juliette.
— . . . . L'Age de l'École.
— . . . . Proverbes en action.
GRISET . . . . La Découverte de Londres.
JUNDT . . . . L'École buissonnière.
LALAUZE . . . . Le Rosier du petit Frère.
LAMBERT . . . . Chiens et Chats.
MARIE (A.) . . . . Le petit Tyran.
MATTHIS . . . . Les deux Sœurs.
MEAULLE . . . . Petits Robinsons de Fontainebleau.
PIRODON . . . . Histoire d'un Perroquet. — Histoire de Bob aîné.
— . . . . La Pie de Marguerite.
SCHULER (TH.) . . . . Les Travaux d'Alsa.
VALTON . . . . Mon petit Frère.

ALBUMS STAHL ILLUSTRÉS gr. in-8°

FRŒLICH

M. Jujules et sa sœur Marie.	Voyage de découvertes de Mⁱˡᵉ Lili.
Petites Sœurs et petites Mamans.	La Révolte punie.
Voyage de Mⁱˡᵉ Lili autour du monde.	

CHAM . . . . Odyssée de Pataud.
FROMENT . . . . La Chasse au volant.
GRISET (E.) . . . . Aventures de trois vieux Marins. — Pierre le Cruel.
SCHULER (T.) . . . . Le premier Livre des petits Enfants.

1er *Age*
ALBUMS STAHL en COULEURS, IN-4°

L. FRŒLICH
Chansons & Rondes de l'Enfance

† Les Frères de Mlle Lili.	La Mère Michel.	Cadet-Roussel.
Sur le Pont d'Avignon.	Giroflé-Girofla.	Le bon Roi Dagobert.
La Tour, prends garde.	Il était une Bergère.	Compère Guilleri.
La Marmotte en vie.	M. de La Palisse.	Malbrough s'en va-t-en guerre.
La Boulangère a des écus.	Au Clair de la Lune.	Nous n'irons plus au bois.

L. FRŒLICH
M. César. — Le Cirque à la maison. — Pommier de Robert. — La Revanche de François.

BECKER. . . . . Une drôle d'École.
CASELLA. . . . . Les Chagrins de Dick.
FROMENT. . . . . Tambour et Trompette.
GEOFFROY . . . . Monsieur de Crac. — Don Quichotte. — Gulliver.
           . . . . L'Ane gris. — Le pauvre Ane.
JAZET. . . . . L'Apprentissage du Soldat.
KURNER. . . . . Une Maison inhabitable.
DE LUCHT . . . . L'Homme à la Flûte. — Les 3 montures de John Cabriole.
   — . . . . La Leçon d'Équitation. — La Pêche au Tigre.
   — . . . . Les Animaux domestiques.
   — . . . . Robinson Crusoë.
MATTHIS. . . . . Métamorphoses du Papillon.
MARIE. . . . . Mademoiselle Suzon.
TINANT . . . . Du haut en bas. — Un Voyage dans la neige.
   — . . . . Une Chasse extraordinaire. — La Revanche de Cassandre.
   — . . . . Les Pêcheurs ennemis. — La Guerre sur les Toits.
   — . . . . Machin et Chose.
   — . . . . Le Berger ramoneur.
TROJELLI. . . . . Alphabet musical de Mlle Lili.

1er *et* 2me *Ages*
PETITE BIBLIOTHÈQUE BLANCHE
Volumes gr. in-16 colombier, illustrés

AUSTIN . . . . Boulotte.
BENTZON . . . . Yette.
BERTIN (M.). . . . . Les Douze. — Voyage au Pays des défauts.
           . . . . Les deux côtés du Mur.
BIGNON. . . . . Un singulier petit Homme.
CHAZEL (PROSPER). . . . . . . Riquette.
DE CHERVILLE (M.). . . . . . Histoire d'un trop bon Chien.
DICKENS (CH.). . . . . L'Embranchement de Mugby.
DIENY (F.). . . . . La Patrie avant tout.
DUMAS (A.). . . . . La Bouillie de la comtesse Berthe.
DURAND (H.). . . . . Histoire d'une bonne aiguille.
FEUILLET (O.). . . . . La Vie de Polichinelle.
GÉNIN (M.). . . . . Un petit Héros.
   — . . . . Les Grottes de Piémont. — Pain d'épice.
GENNEVRAYE. . . . . Petit Théâtre de Famille.
LA BÉDOLLIÈRE (DE) . . . . . Histoire de la Mère Michel et de son chat.
LEMAIRE-CRETIN . . . . Le Livre de Trotty.
LEMOINE . . . . La Guerre pendant les vacances.
LEMONNIER (C.). . . . . Bébés et Joujoux. — Hist. de huit Bêtes et d'une Poupée.
           . . . . Les Joujoux parlants.
LERMONT (J.). . . . . † Mes Frères et moi.
LOCKROY (S.). . . . . Les Fées de la Famille.
MAYNE-REID . . . . † Les Exploits des jeunes Boërs.
MULLER (E.). . . . . Récits enfantins.
MUSSET (P. DE) . . . . Monsieur le Vent et Madame la Pluie.
NODIER (CHARLES). . . . . . . Trésor des Fèves et Fleur des Pois.
OURLIAC (E.). . . . . Le Prince Coqueluche.
PERRAULT (P.). . . . . Les Lunettes de Grand'Maman.
           . . . . Les Exploits de Mario.
SAND (GEORGE) . . . . Le Véritable Gribouille.
SPARK. . . . . Fabliaux et Paraboles.
STAHL (P.-J.) . . . . Les Aventures de Tom Pouce.
STAHL et WILLIAM HUGHES. Contes de la Tante Judith.
VERNE (JULES) . . . . Un Hivernage dans les glaces.

Bibliothèque d'Éducation et de Récréation

QUELS souvenirs agréables et charmants ce titre général ne rappelle-t-il pas aux hommes jeunes d'aujourd'hui, à ceux qui entraient dans la vie au moment même où une révolution complète s'opérait, en leur faveur, dans la littérature ! Car il n'y a pas beaucoup plus de vingt ans que les jeunes gens lisent, c'est-à-dire qu'ils ont des livres conçus pour eux, écrits pour eux, et dont le succès est tel qu'on n'aurait pas osé l'attendre.

« C'est une innovation que l'introduction de la lecture dans les plaisirs de la jeunesse. Elle date presque d'hier : mettons vingt ans, c'est tout le bout du monde. Pendant ces vingt années, l'éditeur Hetzel a su publier 300 volumes de premier ordre.

« Le titre trouvé par l'éditeur constitue à lui seul un programme : ÉDUCATION et RÉCRÉATION. Et, en effet, tout est là. Ces beaux et bons livres instruisent et ils amusent. »

VOLUMES IN-8º CAVALIER, ILLUSTRÉS

ALDRICH . . . . Un Écolier américain.
ANCEAUX . . . . Blanchette et Capitaine.
AUDEVAL (H.) . . . . La Famille de Michel Kagenet.
BENTZON (TH.) . . . . Pierre Casse-Cou.
BERR DE TURIQUE . . . . † La Petite chanteuse.
BIART (L.) . . . . Voyage de deux Enfants dans un parc.
— . . . . Entre Frères et Sœurs. — Deux Amis.
BUSNACH (W.) . . . . ◆ Le Petit Gosse.
CHAZEL (PROSPER) . . . . . . Le Chalet des sapins.
DEQUET . . . . Histoire de mon Oncle et de ma Tante.
DUMAS (ALEXANDRE) . . . . Histoire d'un Casse-noisette.
ERCKMANN-CHATRIAN . . . . Pour les Enfants. — Les Vieux de la Vieille.
FATH (G.) . . . . Un drôle de Voyage.
GOUZY . . . . Voyage d'une Fillette au pays des Étoiles.
— . . . . Promenade d'une Fillette autour d'un laboratoire.
LEMAIRE-CRETIN . . . . Expériences de la petite Madeleine.
LERMONT . . . . L'Aînée.
— . . . . Histoire de deux Bébés (Kitty et Bo).
— . . . . Un heureux Malheur.

MAYNE-REID. — Œuvres choisies.

Désert d'eau. — Deux Filles du Squatter. — Chasseurs de chevelures. — Chef au Bracelet d'or
Exploits des jeunes Boërs. — Jeunes Voyageurs.
Petit Loup de mer. — Naufragés de l'île de Bornéo. — Robinsons de terre ferme.
Sœur perdue. — William le Mousse.

MAYNE-REID est un Cooper plus accessible à tous, aux jeunes gens en particulier. Scrupuleusement moral, d'une imagination riche et curieuse, mettant en scène quelque simple récit, autour duquel il groupe des incidents romanesques, et cependant possibles, il promène son lecteur au milieu des forêts vierges, parmi les tribus sauvages, et exalte le courage individuel aux prises avec les difficultés et les nécessités de la vie.   CLARETIE.

MULLER . . . . La Morale en Action par l'Histoire.
NERAUD . . . . La Botanique de ma Fille.
PERRAULT (P.) . . . . Pas-Pressé.
RECLUS (E.) . . . . Histoire d'une Montagne. — Histoire d'un Ruisseau.
STAHL (P.-J.) . . . . La famille Chester. — Mon premier Voyage en mer.
STAHL ET LERMONT . . . . . La Petite Rose, ses six Tantes et ses sept Cousins.
VADIER (B.) . . . . Blanchette.
VALLERY-RADOT (R.) . . . . . ◆ Journal d'un Volontaire d'un an.
VAN BRUYSSEL . . . . Scènes de la Vie des Champs et des Forêts aux États-Unis.

VOLUMES IN-8º RAISIN, ILLUSTRÉS

BADIN (A.) . . . . Jean Casteyras (Aventures de trois Enfants en Algérie).
BENEDICT . . . . La Madone de Guido Reni.
BENTZON (TH.) . . . . Contes de tous les pays.
BLANDY (S.) . . . . Le petit Roi.
— . . . . Fils de veuve. — L'Oncle Philibert.
BOISSONNAS (B.) . . . . ◆ Une Famille pendant la guerre.
BRÉHAT (A. DE) . . . . Les Aventures d'un petit Parisien.
BRUNET . . . . Les Jeunes Aventuriers de la Floride.
BIART (L.) . . . . Monsieur Pinson.
— . . . . Le Secret de José.
— . . . . Lucia.

Contes et Romans de l'Histoire naturelle

Dr CANDÈZE { Aventures d'un Grillon.
{ Périnette (Histoire surprenante de cinq moineaux).

Aventures d'un Grillon. — « Cette biographie d'un insecte obscur cache, sous une fine allégorie, non seulement un petit traité de morale familière, mais encore des notions d'entomologie très précises et très sûres. L'auteur, M. Ernest Candèze, est un écrivain déjà connu des lecteurs de la *Revue Scientifique*, et ses qualités littéraires ne nuisent pas, bien au contraire, à l'autorité de son enseignement.

« C'est une philosophie ingénieuse que celle qui cherche dans l'étude du plus petit des mondes, du monde des insectes, des leçons applicables à l'univers entier. C'est merveille de voir comment même les petits côtés de la science gagnent à être traités par des écrivains littéraires; quand ils ont su se munir au préalable d'un savoir sérieux et éprouvé. »

(*Revue Scientifique.*)

CAUVAIN (H.) . . . . Le grand Vaincu (le Marquis de Montcalm).
DAUDET (ALPHONSE) . . . . . Histoire d'un Enfant.
— . . . . Contes choisis.
DESNOYERS (L.) . . . . Aventures de Jean-Paul Choppart.
DUPIN DE SAINT-ANDRÉ . . . Ce qu'on dit à la maison!
FAUQUEZ (H.) . . . . Les Adoptés du Boisvallon.
GENNEVRAYE . . . . Théâtre de Famille.
— . . . . La petite Louisette.
. . . . Marchand d'Allumettes.
GRIMARD (E.) . . . . La Plante.
HUGO (VICTOR) . . . . Le Livre des Mères.
LAPRADE (V. DE) . . . . Le Livre d'un Père.

La vie de Collège dans tous les Pays

ANDRÉ LAURIE

Mémoires d'un Collégien. (Un { La Vie de Collège en Angle- } Autour d'un Lycée japonais.
Lycée de département.) { terre. } Le Bachelier de Séville.
Une Année de Collège à Paris. { Un Écolier hanovrien. } Axel Ebersen. (Le Gradué
Mémoires d'un Collégien russe. { Tito le Florentin. } d'Upsala.)

M. FRANCISQUE SARCEY a consacré à chacun des livres qui composent cette série une étude spéciale.

« Notre ami Hetzel, écrivait-il au mois de décembre 1885, a commencé une collection bien curieuse et dont le titre générique suffit à indiquer l'intérêt. Chaque année, il paraît un volume qui nous transporte dans un pays différent. Il y a quatre ans, nous étions en France; l'année suivante, on nous a menés en Angleterre; l'an d'après, en Allemagne. L'ensemble des volumes dont cette série doit se composer formera une étude assez complète des divers systèmes d'éducation suivis par chaque nation.

« Tous ces volumes partent de la même main; ils sont de M. André Laurie, qui me paraît être un universitaire fort au courant des questions pédagogiques, et qui n'en est pas moins un conteur agréable et un écrivain élégant. C'est chaque année un régal attendu par moi de recevoir et de déguster son volume. »

FRANCISQUE SARCEY.

LES ROMANS D'AVENTURES

ANDRÉ LAURIE . . . . Le Capitaine Trafalgar.
— . . . . L'Héritier de Robinson.
— . . . . De New-York à Brest en sept heures.
— . . . . Le Secret du Mage.
. . . . † Le Rubis du Grand Lama.
J. VERNE ET A. LAURIE . . . . L'Épave du Cynthia.
RIDER-HAGGARD . . . . Découverte des Mines du roi Salomon.
STEVENSON ET A. LAURIE . . L'Ile au Trésor.

A propos de l'*Épave du Cynthia*, M. Ulbach écrivait les lignes suivantes :
« La collaboration de MM. Jules Verne et André Laurie ne pouvait être que féconde. La science de l'un, l'observation de l'autre, les qualités littéraires des deux collaborateurs font de ce livre un des plus émouvants de la collection nouvelle. »

Volumes in-8º illustrés (SUITE)

« Il y a peu de livres plus nourris de faits, plus substantiels, et d'un intérêt mieux soutenu que l'*Épave du Cynthia*, » a écrit M. Dancourt dans la *Gazette de France*.

« Plus sombre, plus terrible est l'*Ile au Trésor*, roman popularisé en Angleterre par des milliers d'éditions, et dont la maison Hetzel s'est assuré le droit de traduction exclusif. On raconte que M. Gladstone, le grand homme d'État, rentrant chez lui, après une séance agitée, trouva, par hasard, sous sa main, l'*Ile au Trésor*, de Stevenson. Il en parcourut les premières pages, et il ne quitta plus le livre qu'il ne l'eût achevé. C'est que ces premières pages sont un chef-d'œuvre d'exposition mystérieuse, d'attractions captivantes... »

LEGOUVÉ (E.)	Nos Filles et nos Fils.
—	La Lecture en famille.
—	Une Élève de seize ans.
—	† Épis et Bluets.
LERMONT (J.)	Les jeunes Filles de Quinnebasset.
MACÉ (JEAN)	Contes du Petit-Château.
—	Histoire d'une Bouchée de Pain.
—	Histoire de deux Marchands de pommes.
—	Les Serviteurs de l'estomac.
—	Théâtre du Petit-Château.
MALOT (HECTOR)	Romain Kalbris.
MULLER (E.)	La Jeunesse des Hommes célèbres.
RATISBONNE (LOUIS)	◑ La Comédie enfantine.
SAINTINE (X.)	Picciola.
SANDEAU (J.)	La Roche aux Mouettes. — ◑ Madeleine.
—	Mademoiselle de la Seiglière.
—	† La petite fée du village.
SAUVAGE (E.)	La petite Bohémienne.
SÉGUR (COMTE DE)	Fables.
ULBACH (L.)	Le Parrain de Cendrillon.

ŒUVRES de P.-J. STAHL

◑ Contes et Récits de Morale familière. — Les Histoires de mon Parrain. — ◑ Histoire d'un Ane et de deux jeunes Filles. — ◑ Maroussia. Les Contes de l'Oncle Jacques. — ◑ Les Patins d'argent. — Les Quatre Filles du docteur Marsch. — ◑ Les Quatre Peurs de notre Général.

STAHL a voulu enseigner familièrement la morale, la mettre en action pour tous les âges. De chacun des livres de Stahl se dégage une morale présentée avec toute la séduction et cette forme spirituelle qui donne à la fiction les apparences de la réalité. Peu d'hommes ont plus et mieux fait pour la jeunesse, qui lui doit sa libération littéraire.

Ch. CANIVET. (*Le Soleil.*)

STAHL ET LERMONT	Jack et Jane.
TEMPLE (DU)	Sciences usuelles. — Communications de la Pensée.
TOLSTOI (COMTE L.)	Enfance et Adolescence.
VERNE (JULES) ET D'ENNERY	Les Voyages au Théâtre.
VIOLLET-LE-DUC	Histoire d'une Maison.
—	Histoire d'une Forteresse.
—	Histoire de l'Habitation humaine.
—	Histoire d'un Hôtel de Ville et d'une Cathédrale.
—	Histoire d'un Dessinateur.

Volumes grand in-8º jésus, illustrés

BIART (L.)	Aventures d'un jeune Naturaliste.
—	Don Quichotte (*adaptation pour la jeunesse*).
—	† Les Voyages involontaires (*Monsieur Pinson, Le Secret de José, La Frontière indienne, Lucia Avila*).
BLANDY (S.)	Les Epreuves de Norbert.
CLÉMENT (CH.)	Michel-Ange, Raphaël, Léonard de Vinci.
FLAMMARION (C.)	Histoire du Ciel.
GRANDVILLE	Les Animaux peints par eux-mêmes.
GRIMARD (E.)	Le Jardin d'Acclimatation.
LA FONTAINE	Fables, illustrées par EUG. LAMBERT.
LAURIE (A.)	Les Exilés de la Terre.
MALOT (HECTOR)	◑ Sans Famille.
MAYNE-REID	Aventures de Terre et de Mer.
MOLIÈRE	Édition SAINTE-BEUVE et TONY JOHANNOT.
STAHL ET MULLER	Nouveau Robinson suisse.

7

Jules Verne

VOYAGES EXTRAORDINAIRES

39 VOLUMES IN-8° JÉSUS, ILLUSTRÉS

† Claudius Bombarnac.
† Le Château des Carpathes.
Mistress Branican.
César Cascabel.
Famille sans Nom.
Sans dessus dessous.
Deux ans de Vacances.
Nord contre Sud.
Un Billet de Loterie.
Autour de la Lune.
Aventures de trois Russes et de trois Anglais.
Aventures du capitaine Hatteras.
Un Capitaine de quinze ans.
Le Chancellor.
Cinq Semaines en ballon.
Les Cinq cents millions de la Bégum.
De la Terre à la Lune.
Le Docteur Ox.
Les Enfants du capitaine Grant.

Hector Servadac.
L'Ile mystérieuse.
Les Indes-Noires.
Mathias Sandorf.
Le Chemin de France.
Robur le Conquérant.
La Jangada.
Kéraban-le-Têtu.
La Maison à vapeur.
Michel Strogoff.
Le Pays des Fourrures.
Le Tour du monde en 80 jours.
Les Tribulations d'un Chinois en Chine.
Une Ville flottante.
Vingt mille lieues sous les Mers.
Voyage au centre de la Terre.
Le Rayon-Vert.
L'École des Robinsons.
L'Étoile du sud.
L'Archipel en feu.

L'œuvre de Jules Verne est aujourd'hui considérable. La collection des *Voyages extraordinaires*, que l'Académie française a couronnés, se compose déjà de vingt-huit volumes (contenant 39 ouvrages), et tous les ans Jules Verne donne au *Magasin d'Éducation et de Récréation* un roman inédit.

Ces livres de voyage, ces contes d'aventures, ont une originalité propre, une clarté et une vivacité entraînantes. C'est très français.

CLARETIE.

Découverte de la Terre

3 Volumes in-8°

Les Premiers Explorateurs. — Les Grands Navigateurs du xviii° siècle.
Les Voyageurs du xix° siècle.

J. VERNE et TH. LAVALLÉE. Géographie illustrée de la France, édition revue et corrigée par M. DUBAIL.

BIBLIOTHÈQUE DES JEUNES FRANÇAIS

Volumes gr. in-16 colombier

ERCKMANN-CHATRIAN. Avant 89 (*illustré*).
BLOCK (M.). *Entretiens familiers sur l'administration de notre pays.*
La France. — Le Département. — La Commune.
Paris, Organisation municipale. — Paris, Institutions administratives. — L'Impôt. — Le Budget.
L'Agriculture. — Le Commerce. — L'Industrie.
Petit Manuel d'Économie pratique.
PONTIS. . . . . Petite Grammaire de la prononciation.
J. MACÉ. . . . . La France avant les Francs (*illustré*).
MAXIME LECOMTE. . . . . . La Vocation d'Albert.
TRIGANT GENESTE. . . . . . Le Budget communal.

10556. — Imp. r. — Motteroz.

www.ingramcontent.com/pod-product-compliance
Lightning Source LLC
Chambersburg PA
CBHW061651180626
46818CB00003B/1057